Weihnachtliche Plaudereien

Weihnachtliche Plaudereien
Ein fantastischer Roman

Christa Bohlmann

Bibliografische Information der Deutschen Bibliothek:
Die Deutsche Bibliothek verzeichnet diese Publikation in
der Deutschen Nationalbibliografie; detaillierte Daten
sind über
<http://dnb.ddb.de> abrufbar.
Titelfoto: Dr. Michael Häckert
Herstellung und Verlag: BoD - Books on Demand,
Norderstedt
ISBN 9 783732 281145
www.bod.de

Vorwort

Nachdem ich mich in meinen Büchern bereits mit weihnachtlichen Herzenswärmern, Wintermärchen und Seelenschmeichlern befasst hatte, entschloss ich mich im letzten Jahr zu einem Katzenbuch, in dem Weihnachten nur eine kleine Rolle spielte. Bald sollte ich merken, dass meine geschätzten Leser das obligatorische Weihnachtsbuch vermissten. Da war gute Rat teuer, denn ich hatte den Eindruck, meine weihnachtlichen Gedanken seien schon alle verarbeitet worden.

Dann hatte meine Schwester Rosi eine Idee, mit der ich mich nach und nach vertraut machte. Es ging ihr um die unterschiedlichen Weihnachtsbräuche, über die eventuell zu berichten wäre. Es dauerte eine ganze Weile, bis sich meine Gedanken formten, aber ein Jahr ist ja auch lang.

Dann meinte ich, die zündende Idee gefunden zu haben, verwarf sie aber bald wieder. Irgendwann setzten sich die

Gedanken fest und ich verfasste die „Weihnachtlichen Plaudereien".

Das Ergebnis meiner Recherchen hat mich oft zum Staunen gebracht, denn so viele unterschiedliche Weihnachtsbräuche hatte ich nicht erwartet. Es hat mir große Freude bereitet, die wahren Hintergründe herauszufinden. Und das Erschaffen der Fantasiegestalten und deren Namensgebung war mir ein großes Vergnügen.

Sehr erfreut bin ich über das Titelbild, das mir wieder Herr Dr. Häckert zur Verfügung gestellt hat. Es zeigt die achteckige evangelisch-lutherische Kirche in Seiffen, im Erzgebirge.

Weihnachtliche Plaudereien

Nach und nach verhallte gegen Mitternacht der weihnachtliche Glockenklang. Die Zeiger der Turmuhr standen auf null Uhr: Heiligabend war mit dem Glockenschlag vorüber und der erste Weihnachtstag wurde gleichzeitig eingeläutet.

Anna wurde es ganz warm ums Herz, denn eine ungewöhnliche Vielzahl von Gefühlen hatte sich in ihr breit gemacht. Sie war Mitglied im Kirchenvorstand und freute sich über den Dienst am Heiligabend, obwohl der nicht nur außergewöhnlich schön sondern auch anstrengend war.

Da war zuerst der Kindergottesdienst um 15 Uhr mit dem Krippenspiel. Das Gotteshaus war bis auf den letzten Platz besetzt, denn vor allem Eltern, Großeltern und Geschwister der Mini-Akteure verfolgten voller Stolz die Aufführung. Kleine Pannen der Kinder wurden großzügig übersehen, schließlich war Weihnachten. Wer sollte dem kleinen Josef denn während der Vorstellung zupusten, dass er mit offenem Hosenställchen spielte? Die Tatsache war nicht zu übersehen als er seinen capeähnlichen Mantel lässig zur Seite schlug.

Um 17 Uhr lud die Kirchengemeinde zur Christvesper ein. Zum zweiten Mal an diesem Tag war die Kirche gefüllt und Anna fiel auf, dass die Akustik in der vollbesetzten Kirche viel besser war als an einem normalen Sonntag, an dem nicht so viele Gläubige den Weg zum Gottesdienst fanden. Zu guter Letzt fand um 23 Uhr die Christmette statt, und Anna wurde zum dritten Mal gefordert. Natürlich war sie nicht allein, auch andere Kirchenvorstandmitglieder versahen an diesem besonderen Tag ihren Dienst. Nur hatten fast alle ihrer Kolleginnen und Kollegen im Gegensatz zu Anna ihre eigenen Familien und somit auch private Verpflichtungen. Sie, Anna, war allein. Dieses Schicksal teilte sie mit Gerda, die ebenfalls alleinstehend war. Nach dem Tod von ihrem Mann war Anna sehr dankbar, dass gerade sie in den Kirchenvorstand gewählt wurde. So hatte sie eine Aufgabe und übernahm eine Verantwortung, die sie sehr ernst nahm und ohne die sie sich sonst womöglich im Mauseloch verkrochen hätte. Wie in jedem Jahr hatte sich der Herr Pastor wieder etwas Besonderes zur Christmette einfallen lassen. Anna fand es sehr festlich, wenn die einzelnen Strophen der Weihnachtslieder abwechselnd von der Orgel oder vom Posaunenchor begleitet wurden. Und es war eine Freude, wie die Gemeindeglieder die meist bekannten Texte mitschmetterten. So manches Mal hatte Anna sich schon vor Rührung über die Augen wischen müssen. Es war wunderschön anzusehen, als die Kerzen in den Händen der Gläubigen die Kirche erhellten, nachdem die eigentliche Lichtquelle gedrosselt worden war.

Es war Aufgabe der Kirchenvorstandmitglieder, die Kollekten einzusammeln. Wie gut, dass sich auch diese Prozedur im Laufe der Jahre verändert hatte. Es war Anna in guter Erinnerung geblieben, dass dies früher mit apfelpflückerähnlichen Geräten passierte, die geschickt durch die Bankreihen jongliert werden mussten. Heute wurde in hübsch anzusehenden Klingelbeuteln gesammelt, die von Hand zu Hand und von Reihe zu Reihe weitergereicht wurden. Am Heiligabend war nicht nur das Klimpern der Münzen zu hören. Die Spendengelder flossen in den Weihnachtstagen, besonders am Heiligabend, reichlicher als sonst und so landete auch manch ein Schein im Klingelbeutel. Sicher gab es auch Gottesdienstbesucher, die demonstrativ zuvor mit dem Geldschein herumwedelten, bevor er im Säcklein verschwand, nach dem Motto: „Habt ihr gesehen? Das war ein Zwanziger!"

Traditionell wurde an den Weihnachtstagen für die Aktion „Brot für die Welt" gesammelt. Es hatte den Anschein, als wären die Kollekten in diesem Jahr recht großzügig ausgefallen. Nach dem Kindergottesdienst und der Christvesper hatten Anna und ihre Kollegen den Inhalt der Klingelbeutel zunächst in eine großen Kiste geschüttet und darin verwahrt, um später das Geld zu zählen oder zur Bank-Einlieferung vorzubereiten. Es blieb Anna nicht verborgen, dass es den Herrn Pastor und ihre Vorstandsmitglieder-Kolleginnen und Kollegen nach Hause zog. Sie alle hatten nach der Christmette einen langen, langen Tag hinter sich. Anna selbst fürchtete sich vor der ihr bevorstehenden Weihnachts- einsamkeit und entschied sie sich lieber für Betriebsamkeit. Sie war froh, dass auch Gerda mit von der Partie war. Dem Küster, der die Schlüsselgewalt über die Kirchtüren hatte, erklärte Anna, dass sich die beiden noch ein Stündchen nützlich machen wollten, denn sie wollten sich die Zeit mit der Geldzählerei vertreiben. So könnte der Erlös bereits am nächsten Tag bekanntgegeben werden. Dem Küster sollte es recht sein, dann brauchte er sich am nächsten Tag nicht mehr damit zu befassen. Er wusste, dass Anna und Gerda absolut zuverlässig waren, und er ahnte auch, dass sie nur der häus- lichen Leere entfliehen wollten. Nachdem der Herr Pastor alle Kirchenbesucher mit Handschlag verabschiedet hatte, der Kantor seinen Heiligabenddienst als beendet ansah, der Küster seine Aufgaben erledigt hatte, zogen Anna und Gerda sich in den Nebenraum zurück. Vor ihnen lag ein schweres Münzzählbrett und eine ansehnliche Menge Spendengeld. Zunächst zupfte Anna die Scheine heraus, sortierte und zählte diese. Sie beschwerte den Geldscheinstapel mit einem massiven Messingleuchter, der gerade greifbar war. Danach wanderte eine Münze nach der anderen in die vorgesehenen Schächte des Zählbrettes. Wie zu erwarten entstand wie in den Jahren zuvor ein Häufchen von seltsamen Dingen, die nichts im Zählbrett zu suchen hatten. Einkaufswagen-Chips gab es mehrfach, ausländische Münzen und auch die obligatorischen Knöpfe fehlten nicht. Die beiden Damen fragten sich, wer solche Sachen wohl im Portmonee bei sich trug. Da spielte möglicherweise sogar der Vorsatz eine Rolle.

Anna erinnerte sich an das Hobby ihres Neffen Michi, der leidenschaftlicher

Sammler von 2-Euromünzen war.
Inzwischen gab es neben den deutschen auch
ausländische Sondermünzen und
Euromünzen, die zwar gleich aussahen, aber
in unterschiedlichen Ländern geprägt
wurden. Münzen der neuen Euro-Länder
waren eher selten in Umlauf und deshalb bei
den Sammlern sehr gefragt. Ihrem Neffen
zuliebe legte Anna fast alle 2-Euromünzen
zur Seite, die nicht den Bundesadler auf der
Rückseite zeigten. Später wollte sie ein paar
interessante Münzen davon gegen Scheine
aus ihrem Besitz eintauschen. Es musste sich
keiner um Annas Ehrlichkeit Gedanken
machen. Lieber würde sie noch etwas Geld
hinzulegen, als auch nur eine Münze von den
Spendengeldern zu stehlen. Und schließlich
war auch Gerda als Zeugin dabei.
Es war doch eine gute Idee, sich noch etwas
zu beschäftigen um die drohende Weih-
nachtsdepression abzuwenden, dachte Anna
und sang leise „Es ist ein Ros' entsprungen"
vor sich hin. Etwas zögerlich stimmte Gerda
mit ein.

Sicher wäre es einfacher gewesen, das Geld bei der Bank durch die Zählmaschine zu schicken, doch so war es viel besser für die beiden Frauen…

Als die ersten Geldschächte bis oben hin gefüllt waren, suchte Gerda im Wandschrank nach den farbigen Münzpapieren, um das Geld darin einzuwickeln. Ihr Blick fiel zufällig auf eine geöffnete Flasche Rotwein, die dort ebenfalls abgestellt war. Viele Menschen, die vor kurzem die Kirche verlassen hatte, saßen jetzt sicher noch gemütlich bei einem Glas Wein. Weshalb sollten sie sich nicht auch ein Gläschen gönnen? Entschlossen stellte Gerda nun auch zwei Gläser und die Flasche auf den Tisch, schenkte beiden ein und sie tranken auf ihr Wohl, denn es war keiner da, dem sie hätten zuprosten können. Gerade war Anna das schöne „Danke-Lied" in den Sinn gekommen und das sang und summte sie ohne Scheu und voller Inbrunst und wieder animierte sie Gerda zum Mitsingen.

Fleißig rollten Anna und Gerda die Münzen schön straff ein und sie freuten sich, dass sie schon bald einige Rollen sauber vor sich liegen sahen. Sie kamen sich bald vor wie Aschenputtel: Die Guten ins Töpfchen, die Schlechten, wie Chips, Knöpfe und ähnliches aufs Häufchen, und die nicht alltäglichen 2-Euromünzen legten sie auf der anderen Seite ab.

Kurzum, der Tisch war reichlich klein für ihre Vorhaben. Nachdem sie ein weiteres Schlückchen des köstlichen Rotweins getrunken hatten und Anna das Glas zurückstellen wollte, passierte es. Sehr unglücklich hatte sie das Glas auf eine Kante gestellt, so dass es umfiel und sich der Inhalt auf dem Tisch ausbreitete. Eilig ergriff Anna die rotweinbenetzten Geldscheine und brachte diese in Sicherheit. Zum Glück waren nicht alle davon mit dem Rotwein in Berührung gekommen. Die fertig gerollten Münzen lagen dagegen mitten in der Rotweinpfütze, ebenso die ungefüllten Münzpapiere. Das Singen war Beiden verständlicherweise gründlich vergangen. Schnell holte Anna ein Geschirrtuch, um das gröbste Malheur auf dem Tisch zu beseitigen. Gerda wusste nicht, ob sie bei diesem Anblick lachen sollte oder lieber nicht. Besser war, es sich zu verkneifen.

Umgehend hatte Anna jetzt die Nase gestrichen voll. Kein Wunder, es war inzwischen schon halb zwei. Erst nun bemerkte sie ein großes Hungergefühl. Jetzt kapitulierte sie, es zog auch sie nach Hause. Es war sehr leicht, Gerda ebenfalls zum Abbruch zu überreden. Schon um 10 Uhr des ersten Weihnachtstages würden sie wieder auf der Kirchentürmatte stehen, um die Kollegen zu unterstützen – so war der Plan. Davor wollten sie vor allem die Folgen ihres Missgeschicks beseitigen.

Nachdem die Kirchentür ins Schloss gefallen war, wurde es mucksmäuschenstill in der Kirche. Der Lichtschein der Straßenlampen, die ausnahmsweise auch in dieser Heiligen Nacht brannten, fiel auf den Tisch, an dem sich Anna und Gerda gerade noch beschäftigt hatten.

Plötzlich war eine Stimme zu vernehmen: „Igitt, alles ist nass!"

Und eine andere antwortete: „Egal, probier mal! Schmeckt lecker!"
Erst brach ein Gewisper, dann ein Stimmengewirr aus, das immer lauter wurde. Es waren unverkennbar die Stimmen der 2-Euromünzen, die Anna beiseite gelegt hatte. Die Münzen wunderten sich selbst sehr darüber, dass sie sich verständigen konnten. Seltsamerweise sprachen alle die gleiche Sprache, obwohl sie doch unterschiedliche Herkunftsländer vorzuweisen hatten.
Weil bei dem Durcheinandergeplapper kaum etwas zu verstehen war, verschaffte sich eine der Münzen Gehör: „Hört mal, so geht das doch nicht! Es ist die Heilige Nacht und die sollten wir sinnvoller nutzen! Es wäre doch mal interessant, zu erfahren, woher ihr kommt, und wie bei euch Weihnachten gefeiert wird."
Und wieder wollten alle zur gleichen Zeit antworten, so dass kaum ein Wort zu verstehen war.
„So geht das nicht! Das würde doch in Weihnachtsstress ausarten! Wollt ihr das? Am besten, wie setzen uns in eine große

Runde und stellen uns nacheinander vor. Jeder kann den Namen nennen, aus seiner Heimat und von den Weihnachtsbräuchen seines Landes erzählen. Nehmt alle noch ein Schlückchen aus der Rotweinpfütze mit, dann wird es bestimmt recht lustig."

Namen! Das war leicht gesagt, welche Münze hatte schon einen Namen? Der musste erst vergeben werden. Der erste Diskussionspunkt: Sollte es ein männlicher oder ein weiblicher Vorname sein? Diese Frage musste zunächst geklärt werden. Und weil es ja „die Münze" heißt, einigten sie sich auf weibliche Vornamen, die nun jede für sich erfinden sollte.

Für ein paar Minuten war Ruhe in der Kirche, denn jede der Münzen grübelt über den Namen nach, der mit dem Herkunftsland in Verbindung gebracht werden konnte.

„Ich will Franka heißen, so wird jede erkennen, dass ich aus Frankreich komme."

„Das ist gut! Dann soll mein Name Luxi werden! Luxi, das kommt von Luxemburg!"

„Holly, ja, Holly soll mein Name sein!
Holly- von Holland. Oh nein, vergesst es: Ich
will Maxi heißen. Maxi, von unserer jungen
Königin abgeleitet. Ja, Maxi – das ist gut!"
Die anderen nickten und einige blickten
richtig neidisch, denn eine Königin hatten
nur die wenigsten vorzuweisen.
„Ich hab's!", hörte man wieder eine Münze.
„Ich bin aus Österreich und will Ösela
heißen. Ösela finde ich schön! Aber sagt
mal, wir sind doch hier in Deutschland und
deshalb sollte die deutsche Münze auch die
Gesprächsleiterin sein. Ist doch richtig so,
oder? Also, wer ist denn jetzt aus Deutschland?"
Mindestens acht Antworten waren zur
Verwunderung der anderen Münzen waren
fast gleichzeitig zu hören. Ösela wollte es
genau wissen und fragte kritisch: „Also, wer
von euch ist aus Deutschland?"
„Ich bin aus Bayern und ihr könnt mich
Bavaria nennen!" klang es etwas hochnäsig.
„Ich bin Rolanda und komme aus Bremen",
stellte sich eine weitere Münze vor. „ Das
erinnert an das Bremer Wahrzeichen, an

Roland dem Riesen mit den spitzen Knien, der seit ewigen Zeiten vorm Bremer Rathaus steht".

„Ich komme aus Mecklenburg-Vorpommern und ihr könnt mich Mevo nennen."

Ösela stutzte: „Ich suche doch die richtige deutsche 2-Euromünze. Wo bist du? Komm her und zeig dich."

Bavaria klärte ihre rotweinbenetzten Mitmünzen auf: „Also, die deutsche Münze trägt den Bundesadler auf der Rückseite. Weil diese Münze so alltäglich ist, haben die Damen sie vermutlich nicht mit ausgesondert. In Deutschland gibt es in jedem Jahr einen neuen Präsidenten des Bundesrates, der gleichzeitig Ministerpräsident eines Bundeslandes ist. Und gerade für dieses Bundesland gibt es auch jeweils eine neue 2-Euromünze. Wenn mich nicht alles täuscht, wurde das im Jahr 2006 mit Schleswig-Holstein eingeführt. Ist eine davon hier?"

„Ja! Hier, hier bin ich. Und einen Namen habe ich mir auch schon überlegt: Ich will Marzipana heißen. Seht ihr die Abbildung des bekannten Lübecker Holsten-Tors?

Lübeck, die zweitgrößte Stadt in Schleswig-Holstein ist berühmt für Marzipan.
Übrigens stimmt das, was Bavaria berichtet hat. Aber wir sollten nicht weiter politisieren, denn es ist doch Weihnachten!"
Als nächstes stellten sich Michaela aus Hamburg, Saarah aus dem Saarland und Colonia aus Nordrhein-Westfalen vor. Michaela hatte ihren Namen vom Hamburger Michel abgeleitet. Colonia, das war ein Begriff, den man leicht mit Köln, der heimlichen Hauptstadt Nordrhein-West-falens, in Verbindung bringen konnte. Saarah bestand auf die beiden „aa"s in ihrem Namen, weil, wie sie mehrfach betonte, auch Saarland mit einem Doppel-A geschrieben wird. Nur die Münze aus Baden-Württem-berg maulte vor sich hin. Auf ihrer Rückseite war das Zisterzienser-Kloster Maulbronn zu sehen. Ihr wollte kein Name einfallen, denn Zisti, Mauli, Kretschi oder Württi fand sie einfach nur doof. Sie bat noch um etwas Bedenkzeit.
Franka und Ösela meldeten sich gleichzeitig zu Wort: „ So viele seid ihr? Dann steht aber

nicht jeder von euch soviel Redezeit zu wie uns. Das müsst ihr schon einsehen!"

„Kein Problem", meinte Michaela. „So viele unterschiedliche Weihnachtsbräuche gibt es bei uns nicht. Wir werden uns schon einigen." Dann wandte sie sich an ihre Nachbarmünze: „Sag, woher kommst du denn?"

„Ich bin Hella aus Griechenland und ich bin froh, dass es mich noch gibt!" Die anderen nickten, verstanden Hellas Worte und erkannten den Zusammenhang. Nach ihr stellten sich Ira aus Irland und Malti aus Malta vor. Auch das ließ sich für die anderen gut merken.

„Halloho!", rief eine Münze ziemlich aufgeregt. „Habt ihr mich jemals gesehen? Ich bin noch nicht so bekannt, denn mich gibt es noch nicht so lange. Dazu kommt, dass mein Herkunftsland recht klein ist. Ich bin Talline, abgeleitet von der estnischen Hauptstadt Tallinn. Es ist schön, bei euch zu sein!"

Man hatte sie zuvor schon hören können, wie sie mit der finnischen Münze aus ihrer

Nachbarschaft, getuschelt hatte. Und die meldete sich gleich darauf und präsentierte ihren ausgewählten Namen: „Ich will Fienchen heißen, den Namen finde ich schön."

Die belgische Münze bat um Gehör: „Ich hab es mir lange überlegt – ich möchte Fabiola heißen!"

„Ich glaub, ich spinne! Fabiola ist ein spanischer Name! Hörst du, ein spanischer!" Die spanische Euromünze klang sehr erregt. Die selbst ernannte Fabiola begann, ihren Namen durchzusetzen: „ Ich will Fabiola heißen, zu Ehren unserer Königin, die ja aus Spanien stammt! Ich hatte genug Zeit, mir den Namen auszuwählen. Aber leider konnte ich nichts von Belgien, Brüssel, Manneken Pis, oder Atomium für meinen Namen verwenden. Auch die berühmten belgischen Pralinen oder die leckeren Pommes boten mir keine Namensvorlage. Es bleibt also bei Fabiola, wenn es auch etwas vermessen klingen mag!"

Die Münzen aus den südlichen und östlichen Ländern hatten sich bis auf die spanische zurückgehalten. Kein Wunder, denn deren Zungen waren schon schwer geworden, weil sie sich zu lange an der Rotweinpfütze aufgehalten hatten.

Eine leicht lallende Stimme war zu hören: „Gestatten, Romina aus Italien. Alles andere später." Dagegen klang die Münzdame aus Portugal eher vergnügt: „Ich bin Lissy, Lissy aus Lissabon."

„Mein Name soll Nicki sein, abgeleitet von unserer Hauptstadt Nikosia", verkündete die Münze aus Zypern.

„Ich habe mich für Spliti entschieden. Split ist zwar die nur zweitgrößte Stadt in Kroatien, der Name hört sich aber toll an." Zwischendurch klagte die Münze aus Baden-Württemberg wieder:

„Mir ist immer noch nichts eingefallen!"

„Jetzt komm ich! Ich bin Jana! Jana kommt von Ljubljana, der Hauptstadt von Slowenien. Nicht zu verwechseln mit der Slowakei! Aber auch von dort ist eine unter uns, ich hab sie schon gesehen!"

„Hier bin ich. Mir ist nichts Besseres eingefallen – ihr könnt mich Slawa nennen."

Alle warteten nun auf die Entscheidung der spanischen Euromünze, die jetzt die Katze aus den Sack ließ: „Auch wir in Spanien haben eine Königshaus. Ich aber habe mich für etwas ganz anderes entschieden, denn ich will Olivia heißen. In Spanien wachsen seit Menschengedenken Olivenbäume und ich behaupte, dass die spanischen Oliven die besten sind. Deshalb will ich Olivia heißen."
Romina, Lissy, Hella und Nicki hatten ein „Tsze, Tsze, Tsze" nicht unterdrücken können. Wer wollte schon bestimmen, in welchem Land die besten Oliven wuchsen! Alle schauten erwartungsvoll auf die Münze, aus dem deutschen Südwesten. Es sah fast aus, als husche der gerade ein Lächeln über den Münzrand: „Ich habs, ich will Inge heißen. Sehr viele Städtenamen in unserem Land enden mit –lingen oder –ingen. Esslingen, Geislingen, Göppingen, Sigmaringen sind nur ein paar Beispiele. Das ist gut, denn den Namen Inge kann man sich doch gut merken, oder."
Eine dicke Wolke hatte sich vor den Vollmond geschoben, der jetzt nicht mehr

ausreichend Licht auf den bewussten Tisch mit den Münzen fallen ließ. Und so entstand wieder ein Stimmengewirr der Münzdamen, so dass es in diesem Moment nicht möglich war, die einzelnen Stimmen zuordnen zu können. Dazu kannten sie sich noch nicht lange genug. Bei den nächsten Äußerungen blieben sie sozusagen inkognito. Das war auch gut so, denn einige der Kommentare klangen nicht gerade intelligent.

„Aus welchem Grund liegen wir nun hier?"

„Wir wurden für ‚Brot für die Welt' gesammelt. Für arme Menschen, die hungern müssen."

„Das ist doch blöd. Die Bäcker haben doch über Weihnachten die Geschäfte geschlossen!"

„Ist jemand aus Dänemark hier? Ich war schon mal in Dänemark, und da hat es mir gut gefallen!"

„Hier kann keine aus Dänemark liegen. In Dänemark gibt es keinen Euro, da gibt es Dänische Kronen."

„Da gibt es keinen Euro? Quatsch, ich war doch da!"

Die Antwort: „Ja, aber nur zu Besuch" ging schon im nächsten Gespräch unter.

„Wir sind doch alle 2-Euromünzen, oder ist ein Fremdling unter uns!"

Allgemeine Zustimmung der Angesprochenen folgte, zum Teil nur murmelnd.

„Dann haben wir doch alle den gleichen Wert! Jede von uns ist exakt so viel wert wie alle anderen hier auf dem Tisch!? Dann müsste man in Frankreich genau so viel Butter für 2 Euro kaufen können wie in Finnland. Oder Schokolade! Oder erst die Benzinpreise! Dann müsste der Sprit in Belgien genau soviel kosten wie in der Slowakei! Müsste doch, wenn wir alle denselben Wert haben, oder?"

„Da gibt es schon einen Unterschied. Zum einen geht es um den Materialwert einer Münze. Würde man eine von uns schmelzen und die Bestandteile Messing, Kupfer und Nickel voneinander trennen, so würde das Material in jedem Herkunftsland einen anderen Preis erzielen. Och, ich kann das auch nicht besser erklären!"

„Wollten wir uns nicht über die Weihnachtsbräuche unterhalten?"
Auf die Frage gab es Zustimmung aus jedem
2- Euro-Münzmund. Die vorherigen
Gespräche waren für die Heilige Nacht
wirklich nicht geeignet. Zum Glück hatte
sich die dicke Wolke wieder verzogen und
die zusammen gewürfelte Münzgemeinschaft
konnte sich auf die Vorträge über die
Weihnachtsbräuche ihrer Heimat beginnen.
Die Mehrheit hatte beschlossen, die
alphabetische Reihenfolge einzuhalten um
den Ausbruch eines Zickenkrieges zu
vermeiden. Bavaria sollte demnach
beginnen.

„Die meisten Menschen in unserer Heimat,
dem schönen Bayern, schmücken ihre
Wohnung zum ersten Advent weihnachtlich.
Lichterketten und Schwibbögen erstrahlen in
vorweihnachtlichem Glanz. Plätzchen
werden gebacken und wenn das geschieht,
strömt ein herrlicher Weihnachtsduft durch
das Haus. Die Kinder schreiben Wunschzettel, die sie an Weihnachtspostämter

schicken oder bei ihren Eltern oder Großeltern abgeben, in der Hoffnung auf
Erfüllung ihrer Wünsche, die nicht immer
bescheiden sind.

In fast jeder Stadt wird ein Weihnachtsmarkt
aufgebaut. Adventsgebäck, süße oder
herzhafte Schlemmereien und Glühwein
dürfen dort nicht fehlen. Basteleien,
Weihnachtsschmuck, warme Mützen und
Strümpfe
suchen einen Käufer. In den großen Städten
bleibt der Markt sogar durchgehend bis zum
Heiligabend geöffnet.

Vor vielen, vielen Jahren bescherte der
Nikolaus die Kinder am 6. Dezember, dem
Nikolaustag. Im Laufe der Jahre wurde die
Bescherung aber auf den Heiligabend
verlagert. Der Nikolaus bekam Verstärkung
durch das engelsgleiche sanfte Christkind.
Vor ungefähr 200 Jahren wurde der Nikolaus
durch Knecht Ruprecht, seinem fortan
strafenden Begleiter, unterstützt. Erst später
hielt der Weihnachtsmann auch bei uns in
Bayern Einzug. Das ist wohl so auch richtig,
denn in den Geschäften gibt es

Weihnachtsmänner aus Schokolade in allen Größen. Oder habt ihr schon mal Knecht Ruprecht oder ein Christkind aus Schokolade gesehen?"

Das einhellige Kopfschütteln nahm Bavaria zur Kenntnis und berichtete weiter, dass die Menschen in Bayern rechtzeitig zum Heiligabend ihren Weihnachtsbaum auf-stellen und schmücken, der oftmals zum Streitobjekt in der Familie wird.

„Die Krippe vom Vorjahr wird hergerichtet und die präsentiert, wie in jedem Jahr, die Heilige Familie, die Heiligen Drei Könige und Öchselein und Eselein. Nach dem Gottesdienstbesuch gibt es am Heiligabend das Festmahl, bevor die Geschenke aus-gepackt werden dürfen. In vielen Familien werden Weihnachtslieder gesungen und manche Kinder spielen dazu auf der Block-flöte. So, und jetzt bin ich gespannt, was die Nächste zu berichten hat. Wer ist dran? Ich glaube du bist es, Colonia."

Allgemeines Murren war zu vernehmen, und Luxi sprach das aus, was den anderen scheinbar auch auf der Seele lag. „Nee, nicht schon wieder eine Deutsche, die von ähnlichen Bräuchen erzählt . Stellt doch Colonia vorerst zurück, damit es nicht langweilig wird. Ich schlage vor, dass als Nächste Fienchen aus Finnland berichtet." Da es keinerlei Einwände gab, begann Fienchen, deren Stimme erst ein wenig zaghaft klang:

„Nicht auslachen! Bitte nicht auslachen! Bei uns in Finnland heißt der Weihnachtsmann Joulupukki, abgeleitet vom Weihnachtsbock oder der mystischen Gestalt des Julbockes." In der Tat hörte man verhaltenes Gelächter, als der Name Joulupukki zu hören war. Fienchen ignorierte das und fuhr fort:

„Früher war es üblich, sich nach dem Weihnachtsessen mit Ziegenhäuten als Julbock zu verkleiden. Heute ist der Name Joulupukki, dessen Heimat sich in Lappland befindet, für den Weihnachtsmann überall geläufig. Am Heiligabend klopft er an die Wohnungstüren und sucht nach artigen Kindern. Er trägt warme rote Kleidung und stützt sich auf seinen Gehstock. Er fährt auf einem Rentierschlitten von Haus zu Haus.

Eines seiner Rentiere heißt Petteri
Punakuono, welcher das Vorbild für
Rudolph-The-Red-Nosed-Reindeer ist.
Joulopukki hat sogar eine Ehefrau, die
traditionell Weihnachtsporridge zubereitet.
Übrigens heißt sie Joulomuori.
Besonderes Weihnachtsessen gibt es in
Finnland natürlich auch, nämlich Weih-
nachtsschinken, Kartoffel- und Steck-
rübenauflauf und Rote-Bete-Salat. Leckeres
Gebäck steht auf jedem Weihnachtstisch, wie
Pfefferkuchen und Joulutortout, die stern-
förmigen mit Pflaumenmus gefüllten
Blätterteigtaschen. Ach die werde ich in
diesem Jahr besonders vermissen. Die
Erwachsenen trinken ihren Glögi, den
Weihnachtspunsch, meistens mit Alkohol.
Für die Kinder wird er ohne Alkohol
zubereitet. Egal ob mit oder ohne – meist
werden Rosinen und Mandeln dazu gereicht.
Und nun wisst ihr, wie bei uns in Finnland
Weihnachten gefeiert wird."
Fienchen tat der Beifall zu ihrem Vortrag
sehr gut.

Aufgeregt stand jetzt Franka in den Startlöchern. Laut und vernehmlich holte sie Luft, um zu beginnen, wurde dann aber jäh von Fabiola gestoppt.

„Hallo!! Haben wir nicht von alphabetischer Reihenfolge gesprochen? Ich wäre sogar vor Fienchen an der Reihe gewesen, ich habe ihr großzügig den Vortritt gelassen. Aber jetzt bin ich dran und ihr sollt wissen, wie in Belgien Weihnachten gefeiert wird.

Der, den ihr hier Weihnachtsmann nennt, heißt bei uns Sinterklaas oder Sint Niklaas. Er trägt einen Bischofshut und wird von dem Zwarten Piet begleitet. Der eigentliche Geschenktag ist in Belgien der 6. Dezember. Zwei Tage zuvor reitet Sinterklaas von Haus zu Haus um nachzufragen, ob die Kinder artig waren, die dann zum Nikolaustag beschert werden, wofür sie am Vorabend ihre Stiefel bereitgestellt haben.

Die folgende Zeit wird als „stille Zeit" bezeichnet, in der es häufig lebende Krippen zu bestaunen gibt, in denen die Stallszene nachgespielt wird. Der 25. Dezember ist eher als ein religiöses Ereignis anzusehen und der

26. Dezember ist schon wieder ein Arbeitstag. Manchmal gibt es zum ersten Weihnachtstag doch noch ein Überraschungsgeschenk. Es werden häufig die berühmten belgischen Pralinen in hübscher Aufmachung verschenkt. Übrigens wurde im Jahr 1513 Sint Niklaas Namensgeber einer Stadt, in der jährlich Belgiens größter Weihnachtsmarkt stattfindet.

Belgien ist ja ein dreisprachiges Land. Die Flamen im Norden unseres Landes sprechen holländisch, die Wallonen aus dem französischen Grenzgebiet die französische Sprache. Das deutschsprachige Gebiet liegt im Osten Belgiens. Ich selbst habe mich mit diesen Sprachproblemen kaum auseinandersetzen müssen, denn ich fristete mein Dasein jahrelang in einem Sparschwein und hatte die Last vieler anderer Münzen auf mir zu tragen. Und ich finde es super, dass wir uns heute, oh Wunder, alle in der gleichen Sprache verständigen können.

So, Franka, ich bin fertig und du kannst übernehmen."

Die Münzdamen hatten Fabiolas Vortrag interessiert verfolgt und auch sie genoss den Beifall.

Franka begann: „ Ist ja ein Wunder, dass ich hier als einzige französische Münze vertreten bin. Unsereins hatte ja große Konkurrenz bekommen. Da wurde doch tatsächlich eine Sondermünze herausgegeben, die uns „normalen" Münzen gehörig den Schneid abkaufte. Jeder Franzose war heiß auf das neue Exemplar, dass zum 50-jährigen Bestehen der Französisch-Deutschen Freundschaft herausgegeben worden war."
Jemand fing an zu kichern: „Und? Wer war drauf? Nicolas und Angie in vertrauter Umarmung? So Küsschen links und Küsschen rechts?"
Franka fuhr fort: „Quatsch! Die Münze zeigt Charles de Gaulle und Konrad Adenauer! Aber da diese Münze nicht unter uns ist, beginne ich jetzt mit meinem Beitrag zum französischen Weihnachtsbrauchtum.
Unser Weihnachtsmann heißt Père Noel. Er trägt ein langes rotes Gewand mit

Zipfelmütze. Die Geschenke trägt er in einer Kiepe auf dem Rücken. Einen Gehilfen hat er ebenfalls, den Père Fouettard. Auch bei uns stellen die Kinder ihre Schuhe zum Befüllen vor die Tür. Ein beliebtes Kinderlied heißt „Petit Papa Noel". Am Heiligabend besuchen viele Familien die Mitternachtsmesse. Zum Weihnachtsfest werden die Häuser meistens mit einer Krippe dekoriert. Viele stellen noch andere Heiligenfiguren hinzu.

Zu Weihnachten steht in Frankreich das gute Essen noch mehr im Vordergrund als sonst und es wird ein üppiges Mahl gereicht. Oft mit Hummern, Austern, Schnecken, Gänse-stopfleber und anderen köstlichen Leckereien. Natürlich wird auch reichlich Wein dazu getrunken. In manchen Haushalten bringen die Frauen Truthahn mit Walnüssen auf den Tisch. Als krönenden Abschluss gibt es weihnachtliche Desserts, wovon es zahlreiche Varianten gibt. Pomp à l'huile ist eine Besonderheit, nämlich ein aromatisiertes Brot, das untern anderem

Datteln enthält. Lecker! Je mehr ich davon berichte, desto größer wird mein Appetit." Mit diesen Worten schloss Franka den französischen Bericht.

Hella aus Griechenland stand bereits in den Startlöchern und sie begann:
„Das Weihnachtsfest wird in Griechenland ganz anders als in Deutschland gefeiert. Bei uns ist der Höhepunkt erst am 1. Januar. Am 24. Dezember gibt es keine Geschenke, aber viele Menschen gehen zur Mitternachts-messe.
Weil Griechenland durch die warmen Temperaturen eine ganz andere Vegetation hat, sind Tannenbäume sehr selten und bleiben nur den Reichen vorbehalten. Die meisten Griechen schmücken, wie in jedem Jahr, ihren Plastikbaum. Am 25. Dezember ist das Weihnachtsfest und zugleich der Tag der Besuche. Dann wird ein üppiges Festmahl gereicht, wofür häufig extra ein Schwein geschlachtet wurde. Süßes, in bunte Schachteln verpacktes Gebäck, darf nicht fehlen.

Ab dem 24. Dezember zünden die Griechen 12 Nächte lang ein Weihnachtsfeuer an, um die Kobolde abzuschrecken. Man sagt den bösartigen Kalikanzari nach, dass sie allerlei Unsinn machen. So sollen sie die Milch sauer werden lassen, sich alles Essbare mopsen, den Kuchen zerkrümeln und den Pferden die Schwänze aneinander binden. Für alle Missgeschicke, die in diesen Tagen passieren, werden die Kalikanzari verantwortlich gemacht. Aktiv sind sie jeweils von Mitternacht bis zum ersten Hahnenschrei. Den Kindern wird angedroht, von den Kalikanzari mitgenommen zu werden, falls sie ungezogen sind.

Am 1. Januar gehen die Kinder singend von Haus zu Haus, meistens sind sie mit einem Papierstern geschmückt. Es ist üblich, dass sie einen kleinen grünen Kirschzweig bei sich tragen, mit dem sie die Schultern der Familienangehörigen berühren, um ihnen Glück zu wünschen. Die Kinder bekommen für ihren Gesang Geld, Obst oder Süßigkeiten.

Der 1. Januar ist Namenstag des Heiligen Basilius, der einst Bischof in Kleinasien war. Man sagt, dass er Jahr für Jahr auf die Erde kommt, um jede Familie zu besuchen. Aus diesem Grund wird das Haus blitzeblank geputzt und der Tisch reichlich gedeckt. Dann gibt es bei uns noch einen besonderen Brauch: Eine Goldmünze wird in einen Hefeteigkuchen eingebacken. Der Finder hat angeblich das ganze Jahr über Glück. Das erste Stück des Kuchens ist Basilius gewidmet, das zweite dem Haus und erst dann erhalten die Gäste ein Stück. Das größte verbleibende Stück ist den Armen gewidmet."

Die Münzdamen staunten nicht schlecht über Hellas Bericht, die ihre Nervosität gut verborgen hielt. Hella hatte schon befürchtet, auf die Finanzkrise angesprochen zu werden. Umso glücklicher war sie, dass dieses Wort in der Heiligen Nacht nicht fiel. Gefühlt war es der bisher größte Beifall für einen Beitrag, und Hella stieg etwas Schamesröte in die Münzwangen. Aber das sah zum Glück keine der anderen.

Jetzt war Inge an der Reihe, Inge aus Baden-Württemberg. Sie begann:

„Da wir Deutschen ja mehrfach vertreten sind, werde ich mich kurz fassen, denn vieles ist ja von Bundesland zu Bundesland identisch.

Bei uns wird seit Jahren zum 1. Advent ein Adventskranz aufgestellt, mal mehr, mal weniger geschmückt. Nicht fehlen dürfen die vier Kerzen: Für jeden Adventssonntag eine. Die Kinder verkürzen sich die Wartezeit bis Weihnachten, in dem sie vom 1. Dezember an jeweils morgens ein Türchen ihres Adventskalenders öffnen. Früher waren hinter den kleinen Türchen bunte Bilder versteckt, heute sind es in der Regel Schokoladenfiguren. Es gibt auch selbst-gebastelte Adventskalender mit genähten oder gestrickten Stiefelchen, in denen eine Leckerei oder ein kleines Spielzeug versteckt ist. Seit einigen Jahren werden auch Adventskalender für Erwachsene angeboten, die häufig mit alkoholgefüllten Pralinen gefüllt sind.

Es heißt, ein Bäcker aus Freiburg war der Erste, der einen Tannenbaum mit Keksen, Nüssen und Äpfeln behängte. Erst im 18. Jahrhundert wurden die geschmückten Tannenbäume in ganz Deutschland bekannt, die inzwischen die ganze Welt erobert haben. Bleibt da noch die Frage, wer bei uns die Geschenke am Heiligabend verteilt. In den meist westlichen und südlichen Landesteilen Deutschlands mit vorwiegend katholischer Bevölkerung war früher das Christkind zuständig. In den nördlichen und östlichen Gebieten mit vorwiegend evangelischer Bevölkerung war es der Weihnachtsmann. Na, und der hat sich im Laufe der Jahre auch bei uns seinen Platz erobert.

Ich werde meinen Bericht jetzt schließen, denn ihr werdet ja noch weitere deutsche Beiträge hören."

Ira war jetzt an der Reihe, die gern vom irischen Weihnachtsbrauchtum berichten wollte:

„ Der traditionelle Weihnachtsschmuck wird meistens aus immergrünen Pflanzen, häufig mit roten Beeren, hergestellt. Ilex, Efeu, Lorbeer und ähnliche werden für weihnachtliche Kränze und Sträuße verwendet. Mistelzweige sind relativ selten zu finden, obwohl das Küssen unter dem Mistelzweig auch in Irland durchaus bekannt ist.

Schon Anfang Dezember werden die Straßen großzügig geschmückt. Oftmals wird es in dieser Hinsicht übertrieben und es sieht eher kitschig aus. Privathäuser werden in ein Lichtermeer getaucht, so dass sie meilenweit zu sehen sind und so mancher Konkurrenzkampf beginnt mit dem Nachbarn, der sein Haus noch üppiger schmücken möchte. Spötter sprechen vom zweiten Weihnachtswunder, wenn die Stromversorgung nicht zusammenbrach. Der irische Weihnachtsmann heißt Santy, abgeleitet von Santa Claus. In wohl jedem Einkaufszentrum sitzt ein Santy in einer Grotte, oft in einem schlecht passenden Kostüm. Als Elfen verkleidete Mädchen animieren die Besucher zu einem Foto. Oft bleibt den Kunden ein überteuertes

Sofortbildfoto in schlechter Qualität und es wird kräftig über die Abzocke geschimpft. Doch im nächsten Jahr lässt man sich wieder dazu verleiten – auch das ist Tradition.

Ich möchte euch noch von Tom Smith, einem Pralinenmacher erzählen. Im Jahr 1847 stellte er die heute noch berühmten Christmas Crackers her, eine in Papier gewickelte Süßigkeit, die verliebte Männer ihren Angebeteten schenkten. Jahre später war der Praline ein kleiner Zettel mit kurzen Liebesgedichten beigefügt. Im Jahr 1860 veränderte er seine Christmas Crackers nochmals, die ab jetzt mit Knalleffekt auszuwickeln waren. Die letzte Neuerung: Die Süßigkeit wurde durch kleine Über-raschungen ersetzt, doch oftmals waren nur wertlose Plastikteile enthalten. Juweliere halten heute auch mit Diamantschmuck gefüllte Christmas Craker bereit.

Übrigens wird der Weihnachtsbaum schon Ende November geschmückt und bleibt bis nach Weihnachten stehen, wobei er sich schon von so mancher Nadel trennen musste."

Es war erstaunlich, wie interessiert die Münzdamen zuhörten. Alle waren überrascht über die Vielfalt von weihnachtlichen Bräuchen und so freuten sie sich auf Janas Erzählung über slowenische Weihnacht.

„Weihnachten ist das wichtigste Fest im Jahr, das vom 13. November bis zum 2. Februar gefeiert wird. Es beginnt mit einem großen Festessen vor Beginn der eigentlichen Fastenzeit.
In der ganzen Zeit werden Weihnachtslieder gesungen. Im Mittelpunkt der Wohnung steht eine „Jaslice", eine aus Naturmaterialien gebastelte Krippe.
Traditionell wird ein Weihnachtsbrot aus Roggen, Weizen und Buchweizen gebacken, dem man magische Kräfte nachsagt. Der Weihnachtsbaum wird zum Fest geschmückt und am Heiligabend gehen nicht nur die Gläubigen zur Mitternachtsmesse.
Geschenke und ein reichhaltiges Festessen gibt es am 25. Dezember, und dieser Tag gehört allein der Familie. Ungebetene Gäste

gelten an diesem Tag in manchen Gegenden
als schlechtes Omen. In religiösen Familien
wird das Haus drei Mal gesegnet: Am
Heiligabend, Silvester und 6. Januar."
Auch Janas kurzer Bericht wurde mit Beifall
bedacht, die diese Art Wertschätzung genoss,
die sie gar nicht erwartet hatte. Insgeheim
bedauerte sie, sich nicht besser vorbereitet zu
haben.

Lissy meldete sich zu Wort:
„Hört zu, was ich euch aus Portugal zu
berichten habe. Auch bei uns ist Weihnachten das bedeutendste Fest im Jahr, das
im Kreise der Familie gefeiert wird. Zu den
typischen Vorbereitungen gehört der
Tannenbaum, der auch bei uns, wie in
Griechenland, keine Selbstverständlichkeit
ist, denn er wächst nur in den höher ge-
legenen Regionen. Wer sich keine echte
Tanne leisten kann, schmückt die gute alte
Plastiktanne aus den Vorjahren. Den Kindern
macht es große Freude, wenn sie beim
Schmücken des Weihnachtsbaumes helfen
dürfen. Viele Menschen stellen brennende

Kerzen ins Fenster, die dem Jesuskind den Weg ins Haus zeigen sollen.

Zu Weihnachten gibt ein zünftiges Festmahl, bei dessen Zubereitung alle Familienmitglieder behilflich sind. Erst aber wird die Mitternachtsmesse besucht. Gaben wie Brot, Milch und Käse werden für das Jesuskind als symbolisches Zeichen vor die Krippe gelegt. In kleineren Städten und in Dörfern wird nach der Messe das Weihnachtsfeuer angefacht. Dazu wird ein gefällter Baum angezündet, der den Menschen Wärme spendet. Zur Musik von Akkordeon, Gitarre und Tamburinen werden Volkstänze aufgeführt und die Kinder verkleiden sich als Hirten und Schäfer. Oftmals gibt es zum Abschluss ein kleines Feuerwerk als Zeichen der Freude.

Die Kinder werden am 25. Dezember beschenkt. Alle, egal ob groß oder klein, freuen sich auf das folgende Festessen - cena de nache buena genannt. Meistens werden Gerichte aus Fisch, Truthahn, Huhn oder Eiern gereicht. Als Nachtisch gibt es oft Marzipan oder Weintrauben.

Die Feierlichkeiten dauern bis zum 6. Januar.
So, das ist das Wichtigste zum
portugiesischen Weihnachtsfest. Ich will
mich ja nicht vordrängeln, doch hätte ich
mehr Zeit zur Verfügung, würde ich liebend
gern von Weihnachten auf Madeira
berichten. Davon konnte ich mich im letzten
Jahr überzeugen."
Die Münzdamen wollten Lissy gern weiter
zuhören, doch warteten noch etliche
Ungeduldige, denen sie natürlich den Vortritt
ließ.

Luxi fühlte sich als nächste Berichterstatterin
zuständig:
„Bei uns in Luxemburg gibt es viele schöne
Weihnachtsmärkte, wobei der größte und
berühmteste in Luxemburg-Stadt auf die
zahlreichen Besucher wartet. Auf manchem
historischen Weihnachtsmarkt findet man
sich in die Vergangenheit zurückversetzt und
auf anderen steht man staunend vor lebens-
großen Krippen.
Schon Anfang Dezember legt unser ganzes
Land ein festliches Weihnachtskleid an. Hört

ihr? Festlich und nicht kitschig, denn den Unterschied kennt ihr vermutlich. Am Abend vor dem 6. Dezember stellen auch bei uns die Kinder die Schuhe vor die Tür, um sie von Kleeschen und seinem Gehilfen Housekern füllen zu lassen. So schrecklich viel haben die Beiden nicht zu tun, denn Luxemburg hat ja nur eine halbe Millionen Einwohner.

Traditionell besuchen die meist katholischen Luxemburger zusammen mit ihrer Familie die Mitternachtsmesse, erst danach gibt es die Geschenke.

Das Festmahl besteht in der Regel aus Blutwurst, Stampfkartoffeln und Apfelsauce. In der Kürze liegt die Würze, und ihr kennt nun auch die luxemburgischen Weihnachtsbräuche."

Gespannt warteten jetzt alle auf den Malta-Report. Malti begann:
„Vor einigen Wochen hat mich das Schicksal nach Deutschland verschlagen. Kälte, Schnee und Eis, all das war bislang fremd für mich, aber ich bin froh, das alles erlebt zu haben.

Wenn bei uns zu Weihnachten unter blauem Himmel im Schatten einer Palme: „I'm dreaming of a white christmas" gesungen wird, dann bleibt es ein Traum, denn Schnee kennt man auf Malta nicht. Valetta wird am 23. Dezember bunt geschmückt und auf den Straßen spürt man ein nervöses Gedränge. Junge Männer, als Father Christmas verkleidet, beschenken die Kinder in der Hauptstraße. Mit glitzernden Weihnachtskugeln werden die hölzernen Balkone der alten Häuser festlich geschmückt.

Die Malteser feiern in der Regel das Weihnachtsfest zuhause und haben ihren Christbaum geschmückt, der meistens einer der mehrjährigen Sorte ist. Weil die Häuser keinen Kamin haben, wirft Santa Claus die Geschenke, oh Wunder, durch die geschlossenen Fenster. Ein gefüllter Truthahn, dazu Timpana, ein maltesisches Nudelgericht, gilt häufig als Festessen. Nicht fehlen darf der leckere Christmas Pudding. Berühmt sind die Prozessionen mit Kindern, die die Statue des Jesuskindes tragen. Ich möchte nicht versäumen, euch von einer besonderen Tradition zu berichten. Berühmt sind auf Malta große Krippen, in der außer Maria, Josef und dem Jesuskind noch weitere menschliche Figuren aufgestellt sind. Töpfe mit wild wuchernden weißen Fäden, die in der Nähe vom Jesuskind rund um die Krippe aufgestellt sind, fallen dem Betrachter sofort ins Auge. Das Geheimnis ist folgendes: Ungefähr vier Wochen vor Weihnachten werden in einem Tontopf Getreidekörner angesetzt, die im Dunkeln wachsen sollen. Die Schösslinge sind so weiß wie der Bart von Santa Claus."

Malti war eigentlich noch nicht ganz fertig mit ihrem Bericht, wurde aber von Beifall und lautem Gelächter unterbrochen. Die zuhörenden Damen amüsierten sich köstlich über die weißen Barthaare des Weihnachtsmannes.

„Na? Dann bin ich wohl an der Reihe", meinte Marzipana. Da die Weihnachtbräuche in unserem Land häufig ähnlich sind, möchte ich euch etwas über die größten Weihnachtsmärkte in Schleswig-Holstein berichten. Die gleichen sich natürlich auch, denn überall duftet es verführerisch nach Glühwein, Bratwurst, Kartoffelpuffern und frisch gebrannten Mandeln. Und noch eins ist gleich: Auf jedem Weihnachtsmarkt wartet ein reichhaltiges Marzipan-Angebot auf die Besucher. Das berühmte edle Lübecker Marzipan gibt es nicht nur in schokoladen-überzogenen Marzipanbroten. Große und kleine Weihnachtsmänner, Früchte, Fische, Torten – eben alles, was das Herz begehrt, gibt es aus Marzipan zu kaufen.

In Kiel wird der Weihnachtsmarkt auf dem Holstenplatz aufgebaut. In ungefähr ein-hundert hübsch dekorierten Buden präsentieren die Anbieter ihre Waren. Zu finden sind auch Stände aus den Partner-städten Tallinn, Kaliningrad und Gnydia. Hier gibt es warme Wollkleidung oder russische Holz- und Schmuckarbeiten. Holzschnitzereien aus dem Erzgebirge und auch Dresdener Stollen sind ebenfalls zu finden.

In Heide bietet sich der ideale Platz auf dem Südermarkt an, dem größten unbebauten

Marktplatz in Deutschland. Der Heider Weihnachtsmarkt ist weit über die Grenzen von Dithmarschen bekannt. So manches schöne Ding wechselt den Besitzer, das eine zum Verschenken, das andere zum Eigenbedarf.

Der Lübecker Markt ist ein wahrer Weihnachtstraum, den man von Ende November bis Ende Dezember besuchen kann. Die Altstadtstraßen sind wunderschön geschmückt und es ist auch ein Kunsthandwerker-Markt aufgebaut. Auf die Kinder wartet im Wichtelwald so manche Überraschung. Zu finden ist außerdem ein Figurentheater. Einige Eltern liefern ihre Kinder in der Weihnachtsbäckerei ab, um in Ruhe einkaufen zu können, sofern es der Weihnachtsstress überhaupt zulässt. Der Weihnachtsexpress fährt die kleinen Besucher von einem Veranstaltungsort zur nächsten Attraktion.

In Flensburg können die erwachsenen Besucher in romantischen Kapitäns- und Kaufmannshöfen ihren Glühwein genießen. Altstadt-Flair garantiert! Eine Besonderheit ist hier die imposante Weihnachtspyramide und der über 20 Meter hohe Weihnachtsbaum.

In Husum ist der Weihnachtsmarkt ebenfalls über die gesamte Adventszeit rund um den Tine-Brunnen aufgebaut. Wem kommen beim Anblick dieses romantischen Marktes nicht die Zeilen des Husumer Heimatdichters Theodor Storm in den Sinn: ‚All überall auf den Tannenspitzen, sah ich goldene Lichtlein blitzen'.

Natürlich gibt es noch unzählige wunderschöne Weihnachtsmärkte, wie auch in Norderstedt, Bad Schwartau, Eutin, Ratzeburg oder Schleswig. Glaubt mir, Lübecker Marzipan ist auf jedem der Märkte zu finden!", endete Marzipana ihre Erzählung.

„Dann bin ich wohl an der Reihe", meldete sich Maxi aus den Niederlanden.

„Zunächst dachte ich, dass bei uns Weihnachten genauso wie in Belgien gefeiert wird. Ich habe doch noch einige Unterschiede festgestellt. Auch bei uns werden die

Kinder am 6. Dezember beschenkt, und dieser Tag ist wichtiger als der Heiligabend. Um Sinterklaas Willkommen zu heißen legen die Kinder Wasser, eine Mohrrübe und etwas Heu für das Pferd auf den Kaminsims bereit. Der Nikolaus oder Sinterklaas ist Schutzpatron der Seefahrer und wird an diesem Tag verehrt.

Sehenswert ist die große Prozession am 6. Dezember vom Hafen zum Königspalast, wo die Gläubigen von Königin Beatrix empfangen wurden. Weil ich ja in diesem Jahr zu Weihnachten in Deutschland weile, kann ich nicht sagen, wer zu diesem Anlass aus der königlichen Familie zum Empfang bereit stand. Keine Ahnung, ob der junge König diese Tradition allein oder mit seiner Familie übernommen hat.

Übrigens kommen Sinterklaas und der Zwarte Piet nicht aus dem Wald oder vom Himmel. Nein, sie leben in Sommer in Spanien und machen sich vor Weihnachten auf den langen Weg. Das letzte Stück kommen sie auf einem großen Schiff, das rheinabwärts fährt.

Den Geschenken zum Nikolaustag ist häufig ein selbstgemachter Reim hinzugefügt, in dem der Beschenkte gern durch den Kakao gezogen wird. Man wird nie den Inhalt eines Geschenkpaketes erraten können, weil ein kleiner Karton häufig in einen größeren gelegt wird, der dann in spezielles Nikolauspapier eingewickelt wird. Es ist verpönt, das Weihnachtspapier verfrüht zu verwenden. Sinterklaas und der Zwarte Piet klettern von Dach zu Dach und lassen die Geschenke durch den Schornstein gleiten. Und wer am Nikolausmorgen nur Kohle findet, ist vermutlich nicht artig gewesen. Dann möchte ich nicht versäumen, von unseren berühmten Schokoladenbuchstaben zu berichten, von denen tatsächlich im letzten Jahr 20 Millionen verkauft wurden. Ursprünglich wurden sie zur Kennzeichnung eines Geschenks verwendet. Im Laufe der Jahre sind sie wohl schon durch jeden holländischen Magen gewandert."

Den Damen lief schon beim Bericht über Marzipan das Wasser im Mund zusammen, doch jetzt verstärkten die Gedanken an holländische Schokoladenbuchstaben das Hungergefühl enorm. Und Mevo, die Münzdame aus Mecklenburg-Vorpommern, schlug umgehend in die gleiche Kerbe: „Ihr habt eben wie ein Honigkuchenpferd gegrinst", begann sie.

Früher hingen Zuckerpuppen und Honigkuchenpferde am Weihnachtsbaum. Die Bäcker aus Strelitz haben sich honigkuchenpferdmäßig schon lange einen Namen gemacht, denn sie bestücken die Weihnachtsmärkte mit eben diesen freundlich dreinschauenden Zuckerpuppen und Honigkuchenpferden die aus einer festen Zuckermasse hergestellt und dann mit farbigem Zuckerguss verziert wurden.

Ich möchte euch weiter von TraditionsWeihnachtsgerichten erzählen, die früher in Nord-Osten unseres Landes zum Fest auf dem Tisch standen. Statt Lebkuchen gab es „Burklümp", oder auf Hochdeutsch Bauernklöße. Hergestellt wurden sie aus Mehl, Wasser, Sirup und Zucker. Diese Zutaten wurden zu einem festen Teig verknetet und in Kloßform gebracht. Meistens wurden die „Burklümp" sogar roh gegessen.

Wurde zu Hause ein Schwein geschlachtet, so geschah das häufig vor Weihnachten. Einerseits wegen der kalten Temperaturen, andererseits auch wegen eines Festtags- bratens. Serviert wurde auch „Tollatsch", faustgroße Klöße aus Mehl, Schweine- oder Gänseblut mit Rosinen. Lebkuchengewürz verlieh „Tollatsch" den richtigen Ge- schmack. Zunächst wurden die Klöße in Wurstbrühe gekocht, dann in Scheiben geschnitten und anschließend gebraten. Die Evangelischen kamen schon ein paar Stunden früher in den Genuss des Festessens. Die Katholiken mussten ja erst die Fastenzeit mit der Mitternachtsmesse beenden, bevor sie bei Tisch zuschlagen konnten. Einig waren sie sich nach dem Genuss dieser Gerichte alle, wenn sie wieder vom „Vullbuksobend" sprachen. Und dieses plattdeutsche Wort versteht vermutlich jede von euch."

Die einen Damen lachten köstlich über Mevos Erzählung, andere schüttelten sich doch beim Gedanken an die seltsamen Zutaten der Gerichte. Dann wurde von Olivia doch noch um Übersetzung des plattdeutschen Begriffs „Vullbuksabend" gebeten.

„Wörtlich übersetzt heißt es Vollbauchsabend, aber das klingt längst nicht so charmant wie in plattdeutsch. Immerhin weist es auf die weihnachtliche Völlerei hin", erklärte Mevo.

Alle waren sich einig, dass Mevo einen sehr interessanten Beitrag beigesteuert hatte.

Michaela aus Hamburg holte gerade tief Luft als Colonia sich einmischte:
„Ihr drängelt Euch alle ganz schön vor. Bislang habe ich geschwiegen, zugehört und mich auch gedanklich auf ein Thema vorbereitet. Aber nach und nach schnappt ihr mir die Ideen weg. Am Ende bleibt mir zu sagen, dass bei uns alles genauso ist wie bei euch. Also, gleich nach Michaela bin ich an der Reihe, okay?"

Die Stunden verliefen so kurzweilig und interessant, dass Colonia tatsächlich vergessen worden war. Keiner hatte Einwände, wenn sie den Part nach Michaela übernehmen würde.

Und die begann:

„Wisst ihr überhaupt, dass der erste Adventskranz im Jahr 1833 im „Rauhen Haus" von Johann Heinrich Wichern aufgehängt wurde? Zuerst hatte der Kranz 24 Kerzen – für jeden Dezembertag bis zum Heiligabend eine. Erst später wurde der Kranz mit einer Kerze für jeden Advents- sonntag geschmückt, so wie es heute noch Tradition ist.

Ich möchte euch von einem interessanten Vortrag erzählen, bei dem ich neulich zwangsläufig zugegen war. Es wurde von alten Hamburger Weihnachtsbräuchen berichtet. Vor rund 200 Jahren wurden in Hamburg Rosinenmänner angeboten, die aus Rosinen und Trockenpflaumen hergestellt waren. Als Schmuck trugen sie einen aus Papier mehrfach gefalteten Kragen und ähnelten so Hamburgs Ratsherren, die das gar nicht lustig fanden. Höhnisch riefen die Verkäufer auf den Weihnachtsmärkten: „So'n Mann mit'n Kragen hat wenig zu sagen, kost man een Schilling!"

Auf den alten Weihnachtsmärkten wurden später Lichterpyramiden und leckere Kringel angeboten, die sie Suckerdaler nannten. Die wohlhabenden Hamburger ließen sich zum Christfest Karpfen mit Ingwer, Muscheln und Walnüssen zubereiten. Ein beliebtes Festessen war geschnittener Fisch, in Bier gekocht und mit Nelken und Muskatnuss gewürzt. Nicht jeder kennt heute noch die Köstlichkeiten, die zum Kaffe gereicht wurden: Schneeballen, Zuckerstruven, Englischer Schnitt oder Spanische Butterbrote. Nur die Braunen Kuchen sind heute noch überall bekannt.

Das Christfest wurde in der Familie gefeiert, wobei jeder Clan sein eigenes Ritual einhielt. Dazu gehörte das Aufsagen von Gedichten in meist plattdeutscher Sprache. Gemeinsam sang man unter dem Tannenbaum oft plattdeutsches Liedgut oder erzählte alte

Märchen, an denen sich schon die Ahnen erfreut hatten.

Geändert hat sich im Laufe der Jahre die Art des Tannenbaumschmucks und ganz stark auch die Art der Verpackung der Geschenke. So, das soll es eigentlich aus Hamburg gewesen sein – ein kleiner Ausflug in alte Zeiten. Auf eins möchte ich noch hinweisen. Seit ein paar Stunden hören wir von den unterschiedlichsten Weihnachtsessen. Nur eins wurde noch mit keiner Silbe erwähnt, obwohl es heißt, es gehöre zu den beliebtesten Weihnachtsgerichten: Kartoffelsalat mit Würstchen."

Michaelas Beitrag fand große Anerkennung bei den zuhörenden Damen, weil sie über altes Hamburger Brauchtum berichtet hatte.

Jetzt endlich konnte Colonia glänzen:
„ Ich wollte euch vom Kölner Weihnachtsfest, der Mitternachtsmesse im Kölner Dom und vom Dicken Pitter berichten, doch dann fiel mir ein, dass Münzen wie ich für unser Bundesland Nordrhein-Westfalen und nicht nur für die Stadt Köln stehen. Unser Bundes-

land ist das bevölkerungsstärkste und zeigt viele Facetten. Im Münsterland gibt es andere Gewohnheiten und Bräuche als im Sauerland oder im Ruhrpott. Na und Köln und Düsseldorf will ich gar nicht erst vergleichen. So habe ich mich entschlossen, über etwas ganz anderes zu erzählen. Ich habe neulich einen Vortrag verfolgt, in dem ich unter anderem etwas über Barbara- und Mistelzweige aufgeschnappt habe. Und davon will ich erzählen.

Barbarazweige werden am 4. Dezember, dem Tag der Heiligen Barbara, von einem Obstbaum geschnitten. Meistens wählt man Zweige von einem Kirschbaum aus. Es können aber auch Zweige von einem Apfel-, Birnen- oder Pflaumenbaum sein. Manche wählen sogar Flieder- oder Lindenzweige. Die geschnittenen Zweige werden in warmes Wasser gestellt und jeder hofft nun, dass die Zweige zu Weihnachten blühen. In manchen Familien hat sogar jedes Mitglied einen eigenen Zweig. Öffnen sich die Blüten zum Fest, so bedeutet es Glück für das kommende Jahr. Blühen sie nicht, verheißt es Unglück.

Für andere ist das Blühen der Zweige ein Zeichen für Fruchtbarkeit. Ob er nun blüht oder nicht, der Zweig: Was sagt ein Paragraf aus dem Kölner Grundgesetz? ‚Et hätt noch immer jot jejange'.

Zur Legende der Barbarazweige noch dieses: Auf dem Weg ins Gefängnis soll Barbara mit ihrem Kleid an einem Kirschzweig hängen geblieben sein. Diesen Zweig soll sie mitgenommen haben, um ihn ins Wasser zu stellen. An dem Tag, als ihr Todesurteil verkündet wurde, soll der Zweig erblüht sein. Der über Jahrhunderte überlieferte Brauch wurde im 18. Jahrhundert von der Polizei verboten, weil immer wieder fremde Gärten geplündert wurden.

Mistelzweige werden in der Adventszeit als Glücksbringer über dem Türrahmen aufgehängt. Dieser Brauch ist europaweit bekannt, denn Mistelzweige sollen nicht nur böse Geister vertreiben. Geschnitzte Anhänger dienen als Schutz vor Krankheiten und man sagt der mystisch wirkenden Mistel Einfluss auf Fruchtbarkeit nach. Küsse unter einem Mistelzweig verheißen den Pärchen ewige Liebe.

Wie ein Nest wächst die Mistel vorwiegend auf Linden, Birken und Pappeln. Auch vor Apfelbäumen macht die Mistel keinen Halt. Wie ein Parasit nährt sie sich vom Wirtsbaum weil die Wurzeln der Mistel bis in die Leitungsbahnen des Baumes wachsen. Die geheimnisvolle Mistel blüht im Winter, ihre weißen Beeren sind giftig, finden aber in der Naturheilmedizin an Bedeutung.

Ein weiterer Kölner Paragraf lautet: 'Et bliev nix wie et wor:'

Doch einiges bleibt bestehen! Zum Beispiel die Sache mit den Barbara- und Mistelzweigen."

Die Damen staunten immer wieder über den Ideenreichtum der Vortragenden. Von jeder konnte man praktisch etwas hinzulernen. Seltsamerweise stand jetzt keine bereit, um von den speziellen Weihnachtsbräuchen zu berichten. Und so überlegten sie, welche nun überhaupt an der Reihe war. J-K-L-M. Damen mit dem Buchstaben M waren sogar fünffach vertreten. Jetzt war Zeit für N wie Nicki gekommen. Doch die meldete sich nicht. Wo war sie? Bei der Namensvergabe war sie doch noch anwesend und nun sollte sie verschollen sein? Alle anwesenden Münzdamen riefen laut und vernehmlich nach Nicki. Plötzlich kam die Antwort vom Fußboden. Nicki war unbemerkt von den 2-Euromünzen, die in dieser Heiligen Nacht das Schicksal teilten, auf den Fußboden geglitten.

„Hier, hier bin ich doch!", war eine lallende Stimme von da unten zu hören. Da hatte Nicki offensichtlich zu tief in die Rotweinpfütze geschaut und sich einen ordentlichen Schwips angetrunken. Offensichtlich hatte sie zumindest die letzten Vorträge und natürlich auch ihren Einsatz verpennt. Dann raffte sie sich auf und erklärte:

„Mag ja alles bei euch schön und festlich sein. Bei uns ist das Weihnachtsfest nicht so besinnlich. Viele Zyprer verbringen den Heiligabend in einer Taverne, einer Bar oder einem Nachtclub.

Und gespielt wird bei uns, richtig gezockt! Was das Trinken betrifft, so bin ich zum Glück noch zu meinem Recht gekommen aber zocken? Was wird wohl ausfallen müssen!"

Sprachs und schlief einfach weiter. Die lauschenden Damen wussten irgendwie gar nicht, wie sie darauf reagieren sollten. Eine sah die andere sprachlos an, bis Ösela das Schweigen brach:

„Dann bin ich jetzt wohl an der Reihe: Bei uns in Österreich wird auf eine beschauliche Adventzeit Wert gelegt. Wie schon viele von euch berichtet haben, gibt es auch bei uns einen Adventkranz aus echter Tanne mit vier Kerzen, die jeweils zum Adventsonntag angezündet werden. Oft wird dazu ein Gedicht aufgesagt oder ein Lied gesungen.

Habt ihr gehört? Bei uns heißt es Adventzeit und Adventkranz, es fehlt das „S", so wie es in Deutschland üblich ist. Am Abend des 5. Dezember kommt St. Nikolaus im Bischofs- gewand mit seinem relativ zahmen Gehilfen

Krampus, der den Kindern keine Angst einflößt.

Beide verteilen Schokoladenfiguren, Lebkuchen, Äpfel, Datteln, Feigen, Nüsse und Kletzen."

Es war Ösela nicht entgangen, dass die Zuhörerinnen bei dem Wort „Kletzen" das Fragezeichen in den Augen hatten und deshalb fügte sie hinzu: „ Das sind getrocknete Birnen!

Manchmal haben die Kleinen das Glück, St. Nikolas und Krampus persönlich zu begegnen. Ein Grund für sie, ein auswendig gelerntes Gedicht an den Mann zu bringen. Zusammen mit etwas Schokolade oder ein paar Keksen legen die Kinder ihren Wunschzettel auf die Fensterbank. Einige schreiben ihre Wünsche an das Postamt Christkindl in A-4411.

Weihnachtsmärkte werden in der Regel nur einmal besucht. Die Österreicher hetzen nicht von Stadt zu Stadt um zu schauen, wo es die schönsten Dinge gibt und wo der Glühwein am besten schmeckt. Die Weihnachtsmärkte und die einzelnen

Verkaufsstände sind dezent geschmückt. Grelle Farben sieht man nicht, lautes Musikgedudel hört man nicht. Es geht alles ruhig und besinnlich zu wenn man die kunsthandwerklichen stilvollen Angebote der Aussteller bestaunt.

Zu Weihnachten wird bei uns eine echte Tanne als Christbaum aufgestellt. Geschmückt wird sie rot oder grün und behängt mit Leckereien, Äpfeln und Nüssen. Es muss immer noch viel Grün zu sehen bleiben. Verpönt ist es, den Christbaum weiß zu schmücken.

Echte Kerzen dürfen nicht fehlen, obwohl das Anzünden der Kerzen häufig schon eine große Herausforderung ist. Die Geschenke werden zur Bescherung am 24. vom Christkind unter den Tannenbaum gelegt. Wie in jedem Jahr läutet erst das Glöckchen und rein zufällig singen die Wiener Sängerknaben gefühlsvoll „Stille Nacht". Jeder stimmt mit ein, das wird erwartet. Andere oder weitere Lieder werden in der Regel nicht mehr zu Gehör gebracht.

Zur Christmette treffen sich Gläubige und Ungläubige und so scheint es, eher ein gesellschaftliches Treffen zu sein.
Wunderschön sieht es aus, wenn die Kirchgänger mit ihrem Pferdeschlitten mit Fackelbeleuchtung aus den Bergen kommen. Lieblingsessen sind Karpfen oder gebratene Gans und zum Nachtisch die berühmten Vanillekipferl.
Ist unsere Adventzeit und unser Christfest nun traditionell oder eher langweilig? Die einen sagen so, die anderen sagen so!"
Auch Ösela bekam von den Mädels Beifall. War in Österreich die Zeit etwas stehengeblieben? Hatte jemand die Uhr angehalten? Waren die Österreicher im Grund nicht um die Besinnlichkeit zu beneiden und um die Kunst, sich das Christfest nicht mit Stress und Hektik verderben zu lassen? Diese Gedanken gingen einigen der Damen durch den Kopf.

Olivia rückte sich jetzt ins rechte Licht und begann:

„Feliz navidad! Hier sagt ihr ja ‚Frohe Weihnachten'. Ich werde euch nun von den spanischen Weihnachtsbräuchen erzählen. Weihnachten wird bei uns von der Adventszeit bis zum 6. Januar gefeiert. Die Adventszeit verläuft recht ruhig und unspektakulär.

Der Startschuss für das Weihnachtsfest ist die berühmte Weihnachtslotterie, die größte Lotterie der Welt, die es bereits seit 1812 gibt. Kaum ein Spanier hat sich nicht mit Losen eingedeckt und verfolgt aufgeregt die Ziehung der Gewinnzahlen, die stundenlang in Radio und im Fernsehen übertragen wird. Am Heiligabend sitzt die Familie im kleinen Kreis am Abendbrottisch. Meistens gibt es Truthahnbraten und auch die Weihnachts-spezialität Turron, hergestellt aus Mandeln, Zucker, Honig und Eiern, darf nicht fehlen. Viele trinken danach ein Gläschen Cava, den spanischen Champagner. Nach dem Essen nimmt sich jeder ein Teil aus der „Urne des Schicksals". In dem Gefäß sind neben kleineren Geschenken auch Nieten enthalten. Jeder darf sich solange bedienen, bis auch er eine Überraschung erwischt hat. Die größeren Geschenke gibt es erst am Dreikönigstag, dem 6. Januar.

Bei der Mitternachtsmesse bestaunen die Kirchgänger die Weihnachtskrippe und küssen das Jesuskind. In der Regel trifft man sich nach der Messe auf dem Dorfplatz, auf dem ein wärmendes Feuer auf die Gläubigen wartet. Zeit, jetzt lustige Weihnachtslieder zu singen und ums Feuer zu tanzen.

In vielen Regionen ist der 26. Dezember schon wieder Arbeitstag.

Ein weihnachtlicher Höhepunkt ist das Erscheinen des Olentzero, eines Köhlers, der aus den Bergen kommt. Der wird zum Jahreswechsel von den Einwohnern auf deren Schultern ins Dorf getragen.

Ich will nicht versäumen, euch von einer Besonderheit aus Katalonien zu erzählen. Dort steht in der Krippe neben der Heiligen Familie und allerlei Tierfiguren an Rande des Geschehens eine kleine Gips-Figur als Glücksbringer mit heruntergelassener Hose in eindeutiger Hockposition. Meist sind

Prominente zu erkennen, Politiker oder Fußballer. Am Ergebnis kann ist deutlich zu sehen, dass sie gerade ihr Vorhaben erledigen konnten. Genannt werden diese Figuren Caganer, oder das kleine Scheißerle. Angeblich deuten diese eigenwilligen Glücksbringer auf den Kreislauf der Natur hin. Andere Menschen sind der Meinung, die kleinen Scheißerle seien ein Sinnbild für einen gesunden Körper, bei dem alles funktioniert.

Wie ich schon andeutete, findet die große Bescherung erst am 6. Januar statt, aber der Tag steht hier ja heute nicht im Vordergrund. Ich freue mich, dass ich sogar noch etwas Neues vorbringen konnte."

Über die Caganer gab es sehr viel Gelächter, doch ein paar Münzdamen reagierten eher leicht pikiert.

Als nächste trat Rolanda hervor und sprach: „ Ist ja paradox, da bin ich nun ein Mädel geworden, obwohl auf meiner Rückseite doch ganz deutlich Roland, der Riese, zu sehen ist.

Der Bremer Roland gehört zum UNESCO Welterbe, und der schmückt die Sondermünze des kleinsten Bundeslandes Bremen. Ihr glaubt ja nicht, was auf dem Marktplatz und zu Rolands Füßen auf dem berühmten Bremer Weihnachtsmarkt los ist! Der Duft vom Gegrilltem, gebratenen Reibekuchen, Glühwein und gebrannten Mandeln liegt in der Luft. Wenn man zum rechten Zeitpunkt kommt, kann man sich an den weihnachtlichen Klängen eines Bläserchores oder an den Stimmen von Sangesbrüdern und - schwestern erfreuen. Stimmungsvolle Beleuchtung sorgt für die ideale Präsenz der angebotenen Waren. So manches liebevoll ausgewählte Geschenk verschwindet bis zur Bescherung in einer Einkaufstüte. Die Kinderaugen leuchten und manche Erwachsenenaugen werden nach dem fünften Glas des guten Glühweins etwas glasig. Neulich hörte ich ein sehr interessantes Gespräch zweier älterer Herren, die sich über „Gruß an Bord", einer Rundfunksendung, die es seit 1953 immer zu Weihnachten gibt, unterhielten. Damals war das wohl die einzige Möglichkeit der Seeleute, Neuigkeiten mit der Familie auszutauschen. Bis 1998 wurde der Funkkontakt über Norddeich Radio hergestellt. In einem Sprach- und Tongewirr waren die Musikwünsche und telefonische Botschaften stundenlang an den Weihnachtstagen zu hören.

Bald entbrannte ein kleiner Streit zwischen den beiden Männern. Behauptete der eine, die Sendung sei eine Produktion des Norddeutschen Rundfunks, so bestand der andere darauf, dass es eine Sendung von Radio Bremen sei. Klar, für wen mein Herz schlug. Eine ganze Weile diskutierten sie darüber, bis sie einen Dritten dazu befragten. Der wusste es genau, es war schon immer eine NDR-Produktion. Ist ja egal, bleibt ja in Norddeutschland!

Ich könnte noch viel mehr über die deutschen Weihnachtsbräuche berichten, aber das wären fast nur Wiederholungen, und dazu ist unsere Zeit zu schade, denn gerade schlug die Turmuhr schon sieben Mal.

Von einer Sache möchte ich noch erzählen:
In der Bremer Gegend laufen als Nikolaus
verkleidete Kinder am 6. Dezember von
Haus zu Haus oder besser von Geschäft zu
Geschäft, um sich kleine Geschenke in den
Sack stecken zu lassen. Meist sind es
Süßigkeiten, Obst, Nüsse oder auch ein paar
Münzen. Manche singen dieses plattdeutsche
Lied:
Ick bin een lütten König
giv mi nich so wenig
lot mi nich so lange stohn,
denn ick mut noch wieter gohn.
Halli, halli, hallo,
so geiht no Bremen to.
Einige Kinder sangen die letzten Zeilen so:
lot mi nich so lange stohn,
mut noch ganz no Bremen gohn.
Bremen is ne grode Stadt
giv mi all de Lüd wat.
Mi wat, di wat
all de lütten Kinner wat.
Ich hoffe, ihr konntet das verstehen. So, das
soll es aus Bremen gewesen sein. Jetzt
mache ich Platz für Romina."

Obwohl etliche Damen noch bemüht waren, die plattdeutschen Worte zu deuten, spendeten andere reichlich Beifall für Rolandas Beitrag aus Bremen.

Romina fühlte ihre große Stunde gekommen und fing an:
„ Der eigentliche Beginn der italienischen Weihnachtszeit ist am 8. Dezember, dem Tag „Maria Empfängnis". Weihnachten ist auch bei uns ein Fest für die Familie.
Zum 8. Dezember werden die Straßen mit bunten Lichterketten geschmückt. Selten findet man, wie aus den anderen südlichen Ländern berichtet, echten Tannenschmuck. Häufig werden Krippenspiele aufgeführt. Kunstvolle Krippen können bestaunt werden, die berühmteste steht in Neapel. Die Größte dagegen steht in Maranola. Abends er-strahlen dort 15.000 Lichter und beleuchten die 300 Krippenfiguren.
Weihnachtsmärkte, die wie hier in Deutschland täglich geöffnet sind, gibt es bei uns nicht. Doch am 13. Dezember, dem Tag der Santa Lucia findet man auch in

italienischen Städten einen Weihnachtsmarkt mit breitem Angebot.

Häufig wird man in der Weihnachtszeit auf wundersame Klänge aufmerksam: Auf Musik, die aus den Bergen zu kommen scheint.

Es sind Schäfer, die mit ihren alten Instrumenten musizierend von Haus zu Haus gehen. Instrumente wie Zampognari, einer Art Dudelsack, und Schalmeien verbreiten die rechte Weihnachtsstimmung.

In fast jedem Haus wird zu Weihnachten Panettone gebacken, wobei es sich um einen ziemlich trockenen Hefekuchen handelt, den eigentlich keiner mag. Doch Tradition ist eben Tradition. Panettone wird am Ende des Festmahls mit Dessertwein gereicht. Viele verschenken auch einen solchen Kuchen, der manchmal noch bis Ostern gegessen wird, kurz bevor er vom Osterkuchen abgelöst wird.

Die weihnachtliche Völlerei beginnt in Italien am Abend des 24. Dezember und endet erst am 6. Januar. Am Heiligabend wird fleischlos gegessen, oft werden Fisch,

Meeresfrüchte und Gemüse gereicht.
Natürlich darf Panettone als Abschluss nicht fehlen.
Die andächtige feierliche Stimmung der Mittelnachtsmesse schlägt nach deren Ende in eine ausgelassene Feierlaune um.
Am Morgen des 25. werden kurz vor dem Festmahl die Geschenke verteilt.
Zeit danach, eines der Krippenspiele live zu erleben. Bewohner eines Dorfes oder eines Stadtteils präsentieren ein religiöses Schauspiel. Hauptakteure sind das letzte Neugeborene und dessen Eltern. Gleichzeitig wird der Alltag längst vergessener Zeiten und altes Handwerk gezeigt.
Gern wird an den Feiertagen mit Freunden und Familienangehörigen gespielt. Meist geht es nur um Centbeträge. Beliebt ist bei uns auch Bingo, ein Glücksspiel aus der Region Neapel.
Ich will euch unbedingt noch von Befana erzählen, einer in Lumpen gekleideten, hässlichen Hexe, die trotz ihres Aussehens sanft und gut ist.

Befana geht in der Nach von 5. auf den 6.
Dezember von Haus zu Haus und stopft
Geschenke in Strümpfe, die von den Kindern
im Kamin oder auf dem Fensterbrett
bereitgelegt wurden. Die Legende sagt,
Befana habe sich zu spät auf den Weg
gemacht, um das Jesukind zu begrüßen. Aus
diesem Grund irrt sie noch heute durch die
Straßen, um Geschenke zu verteilen.
So, das soll es aus Italien gewesen sein. Ich
mache jetzt Platz für Saarah."

Und die seufzte: „Was soll ich noch über die
deutschen Weihnachtsbräuche berichten? Ihr
habt bereits alles gehört, und ich würde nur
wiederholen. Aus diesem Grund gestalte ich
den letzten Deutschland-Weihnachts-Report
aus dem Saarland ganz anders.
‚Frohe Weihnachten' oder ‚Fröhliche
Weihnachten' heißt es ja hier bei uns in
Deutschland. ‚Merry Christmas' sagt man in
Irland, natürlich ist dieser englische Gruß
international bekannt. Ich war mal in
Holland, da hieß es ‚Vrolijk Kerstfeest', und
in Italien sagt man ‚Boun Natale'. Mir ist

sogar der Weihnachtsgruß aus der Slowakei bekannt: ‚Vesele Vianoce'. Wie es in all den anderen Sprachen heißen mag, auf diesem Weg wünschen sich Familienangehörige oder Freunde und Bekannte schöne Festtage. Doch in jedem Land, ob aus Nord oder Süd, aus Ost oder West, gibt es einsame Menschen, die diese Worte nicht hören. Es gibt in jedem Land Arme, Obdachlose, Alte, Kranke oder auch Verzweifelte, die am Weihnachtsfest allein sind, für die es vermutlich weder Festessen, noch Adventskranz oder Tannenbaum gibt. Sinter Claas, Befana, Joulupukki, Santa Claus, Weihnachtsmann und Christkind haben eines gemeinsam: Sie verteilen Weihnachtsgeschenke, vor allem an Kinder. Doch in jedem Land gibt es Menschen und auch Kinder, die nicht zu Weihnachten beschenkt werden.

Anna, die uns zur Seite gelegt hat, wird das Wechselgeld mit Sicherheit zum einge-sammelten Geld legen. Die Gläubigen, die auch uns in den Klingelbeutel warfen, spendeten das Geld für die Aktion ‚Brot für die Welt', und somit sollten wir uns glücklich schätzen, dass es den Menschen aus den genannten Randgruppen durch die Spendebereitschaft der Gläubigen ein klein wenig besser geht. So, das musste ich einfach mal loswerden!"

Es schien, als hätten die Münzdamen eine Schweigeminute eingelegt, denn Saarahs Beitrag hatte sie betroffen gemacht.

Erst nach einer Weile meldete sich Slawa zu Wort.

„Es ist schon richtig, was du, liebe Saarah, so emotional erzählt hast. Eins, das uns betrifft, möchte ich gerne noch erwähnen, auch wenn es vielleicht an deinem Thema vorbei geht. Anna hat uns doch für ihren Neffen beiseite gelegt. Es soll ja Menschen geben, welche die Sammlermünzen noch nach Prägejahr und Prägeanstalt unterscheiden. So kann es uns noch passieren, dass wir unser Leben in einem Münzalbum oder in einer Münzbox fristen müssen. Oh, wie langweilig! Das ist nun wirklich nicht wünschenswert. Spliti, dich könnte es leicht erwischen, denn dich gibt es ja erst seit ein paar Monaten und nicht jeder Sammler hat dich oder deinesgleichen jemals in Händen gehabt. Ich bin mal gespannt, wie es uns ergehen wird.

Es ist schon so viel über die unterschiedlichen Weihnachtsbräuche gesagt worden, dass ich im Grunde kaum noch eine Überraschung parat habe. Außerdem habe ich das Gefühl, der Zauber der Heiligen Nacht ist bald vorüber, und ich befürchte, dass unsere weihnachtlichen Plaudereien bald jäh beendet werden. Also auf die Schnelle: Auch in der Slowakei ist Weihnachten ein Familienfest. Der berühmteste Weihnachtsmarkt ist in Bratislawa zu finden. Der Barbarazweig ist bei uns sehr beliebt und jeder wünscht sich, sein Zweig möge zu Weihnachten blühen. Etwas Neues kann ich noch berichten und zwar über einen ungewöhnlichen Brauch am 12. Dezember. An diesem Tag ziehen die Frauen von Haus zu Haus, um die Männer zu erschrecken und ihnen das Fürchten beibringen. Bei uns bringt das Christkind in der Regel die Geschenke. Einige Kinder haben Glück und begegnen persönlich dem Weihnachtsmann, der in manchen Gegenden das Christkind verdrängt.

Das große Festmahl wird bei Einbruch der Dunkelheit serviert. Oft gibt es Pilzsuppe, Fisch und Sauerkraut, als Nachtisch natürlich Gebäck.

Gemeinsam wird die Mitternachtsmesse besucht. Der 25. wird dann im Kreise der Familie gefeiert, der 26. im Kreise mit Freunden und Bekannten.

So, meine lieben Schicksalsgenossinnen dieser Nacht, ich werde meinen Bericht jetzt beenden, denn Spliti und Tallina müssen noch zu Wort kommen."

Irgendwie fühlten die Münzdamen die Zeit im Nacken. Spliti griff beruhigend ein:
„ Ich bin schon fertig, bevor ich angefangen habe, denn ich habe nur die ersten Tage nach Einführung der Euro-Münzen in Kroatien verbringen dürfen. Dann bin ich in der Tasche eines Urlaubers nach Deutschland gekommen und kenne mich hier besser aus,

als in meiner Heimat. Ich weiß nichts über kroatische Weihnachtsbräuche, tut mit leid. Ansonsten hätte ich gern meinen Beitrag geleistet. So übergebe ich jetzt weiter an Tallina."

Keine der Damen hatte daran gedacht, dass Spliti mangels Erfahrung keinen Bericht erstatten konnte. So waren sie jetzt gespannt auf die estnischen Weihnachtsbräuche.

Tallina begann:

„In Estland werden in der Adventszeit die Gnome aktiv und beschenken die Kinder mit Süßigkeiten und Früchten. Dann gibt es noch einen sehr seltsamen Brauch: Vor Weih-nachten reinigen die Frauen alle Besen im Haus besonders gründlich, denn sie wissen, dass Hexen und Teufelchen die Besen als Fluggerät benutzen. Da die Hexen nur nach schmutzigen Besen suchen, versucht man, diese Geister fern zu halten, die zu allerhand bösen Streichen aufgelegt sind.

Die fröhliche Vorweihnachtszeit wird durch Besinnlichkeit am Heiligabend abgelöst. Nach einem Saunabesuch erwartet die

Familie ein Festessen, das meistens aus Blutwurst, Sülze oder Braten besteht.
Anschließend singen alle Familienangehörigen Weihnachtslieder und bestaunen den prächtig geschmückten Weihnachtsbaum. Wisst ihr, wie das schöne Weihnachtslied ‚Oh Tannebaum' bei uns heißt? ‚Oh Kuusepuu'!"
Diese ungewohnten Worte veranlassten die Damen zum Herumalbern und Kichern und jede versuchte sie auszusprechen. Doch Tallina fuhr fort:
„Zur Bescherung kommt der Weihnachtsmann aus dem benachbarten Finnland. Manchmal wird er von Zwergen bei seiner Arbeit unterstützt.
Das Weihnachtsfest ist nicht das wichtigste Fest in Estland, denn das ist die Mittsommer-Feier am Johannistag im Juni.
Noch ein Wort zu den Geschenken. Das beliebteste Geschenk ist in Estland das Handy. Kein Wunder, denn Estland hat nach Finnland die höchste Handy-Dichte. Oft werden selbstgestrickte Pullover mit aufwändigen Strickmustern verschenkt.

Hört ihr das? Die Tür wird aufgeschlossen! Sollten das Anna und Gerda sein? Falls wir gleich nicht mehr dieselbe Sprache sprechen, wünsche ich euch .....!"

Wie abgeschnitten klangen Tallinas letzte Worte in den Ohren der Münzdamen, die nun wussten, dass der Zauber der Heiligen Nacht vorüber war. Jede von ihnen war nun auf sich gestellt und schaute einer unbekannten Zukunft entgegen.

Mit einem Eimerchen, gefüllt mit heißem Seifenwasser, erschien Anna auf der Bildfläche, gefolgt von Gerda, die noch etwas müde zu sein schien. Anna dagegen war die Aktivere und sie begann „klar Schiff" zu machen. Hastig packte sie alles, was auf dem Tisch lag zur Seite, um gründlich alle Spuren des mitternächtlichen Missgeschicks zu beseitigen. Die Melodie „Vom Himmel hoch" auf den Lippen wischte sie alles sauber, was mit dem Rotwein in Berührung gekommen war. Gähnend tupfte Gerda die gereinigten Dinge trocken. Dann zählte Anna die 2-Euromünzen, es waren 24 Stück.

„Schau her Gerda, du bist Zeugin. Ich lege diesen Fünfziger zu den anderen Scheinen, dann kann ich die Münzen für Michi mitnehmen. Der wird bestimmt welche davon gebrauchen."

Schwuppdiwupp lagen die Euromünzen vereint im warmen Seifenwasser und wurden durch Annas fleißige Hände kräftig hin- und hergeschaukelt, bis sie sich sicher war, dass die Münzen bald wieder nach Münze und nicht nach Alkohol rochen. Sie breitete ein Handtuch aus und legte die Münzen zum Trocknen aus. Gerda tupfte und tupfte und fand plötzlich Interesse an einigen Münzen, die sie zuvor noch nie gesehen hatte. Nur einen kurzen Augenblick befassten sich Anna und Gerda mit dem Münzthema und stellten Mutmaßungen über die Herkunft von ein paar, ihnen unbekannten Exemplaren an. Doch dann rief wieder die Pflicht. Alles sollte blitzeblank sein, bevor der nächste Gottesdienst begann. Schließlich mussten sie nicht an die große Glocke hängen, was ihnen in der Heiligen Nacht passiert war.

„Oh, da unten ist ja noch eine!" Anna beugte sich nach ihr, um sie aufzuheben. Es war Nicki, Nummer 25!

„Zeig mal! Was ist das denn für eine?", fragte Gerda

„Das weiß ich sogar, das hat Michi mir neulich gerade erklärt. Die kommt aus Zypern und zeigt ein kreuzförmiges Götzenbild aus längst vergangenen Zeiten. Sieh mal, die Beschriftung ist griechisch auf der einen und türkisch auf der anderen Seite, weil doch die Insel auch zu beiden Ländern gehört!"

Gerda staunte nicht schlecht über Annas Wissen und verpasste Nicki ebenfalls ein Seifenwasserbad.

Anna zog einen feinen kleinen Lederbeutel aus der Tasche und füllte die Münzen hinein, um ihn dann mit einer schimmernden Kordel zu verschließen.

Beide Frauen hatten gleichzeitig ein Wort auf den Lippen, doch Gerda ließ Anna den Vortritt. Die sinnierte: „Hab ich auch nicht gedacht, dass ich mich in meinem Alter noch als Geldwäscherin betätige!"

Gerda lächelte zwar, ging aber darauf nicht weiter ein.

„Als ich deinen Gesichtsausdruck beim Verpacken der Münzen sah, kam mir in den Sinn: „Einen fröhlichen Geber hat Gott lieb!"

Beide waren guter Dinge und als der Küster eintrat, waren alle Spuren beseitigt, die der vergossene Rotwein hinterlassen hatte.

„Fröhliche Weihnachten! Sagt mal, zählt ihr immer noch oder schon wieder?"

Irgendwie kamen sie umhin, um ihm diese Frage präzise zu beantworten.

Christa Bohlmann
geb. 1945, verheiratet, Bankkauffrau
seit Jan. 2008 im Ruhestand

Bereits veröffentlicht:
2000 **Erinnerungen**
Heitere Schmunzelgeschichten aus den
50er/60er-Jahren
Eigenverlag

2001 **Mixed-Pickles**
Anekdotensammlung:Wirkliches,
Erlauschtes. Erlebtes, Erdachtes
Eigenverlag

2002 **Kein Schatten ohne Licht**
Diagnose Brustkrebs
BoD ISBN 3-8311-4268-8

2003 **Die Buschs**
Blicke hinter die Kulisse einer
Kleinstadt- Idylle, Roman
BoD ISBN 3-8311-4926-7

2005 **Kalle Korn**

Aus dem Leben eines Ermittlers,
Roman
BoD ISBN 3-8334-2589-X

2006 **Bad Meinberg – einmal anders
gesehen**
Fantastische Erzählung
BoD ISBN 9-783837-024462-3

2009 **Weihnachtliche Herzenswärmer**
Wahre und fantastische
Kurzgeschichten
BoD ISBN 9-783839-13269-2

2010 **Weihnachtliche Wintermärchen**
Fantastische Kurzgeschichten
BoD ISBN 9-783842-30652-3

2011 **Weihnachtliche Seelenschmeichler**
Fantastisch Kurzgeschichten
BoD ISBN 9-783844-801804

2012 **Bella – mehr schwarz als weiß**
Roman
BoD ISBN 9-783844-801804